MIMI, PAUL & CHABICHOU

NICOLE GIRARD PAUL DANHEUX
ILLUSTRÉ PAR MICHEL BISSON

Enfin Chabichou revient

mondia

ÉDITEUR
ANDRÉ VANDAL

SUPERVISION LINGUISTIQUE
HÉLÈNE LARUE

DIRECTION ARTISTIQUE
ROBERT DOUTRE

ILLUSTRATION
MICHEL BISSON

ENFIN CHABICHOU REVIENT

ISBN 2-89114-271-3

Dépôt légal 4e trimestre 1986
Bibliothèque nationale du Québec
Bibliothèque nationale du Canada

Imprimé au Canada/Printed in Canada

34 5   00 99 98 97

Ce matériel est le résultat d'une recherche menée dans le cadre
du Programme de perfectionnement des maîtres en français de
l'Université Laval, à Québec. Sa réalisation a été partiellement
subventionnée par cet organisme.

Le retour de Chabichou a été extraordinaire.
Ça s'est passé pendant la nuit.

Dans la maison, tout le monde dormait...

sauf nous deux.

On relisait la lettre de
Chabichou pour la
centième fois...

quand une grosse bulle est apparue à la fenêtre de notre chambre.

Une bulle pareille à une bulle de savon, toute blanche.

Blanche comme si elle était pleine de lait.

Et la bulle est entrée dans notre chambre par la fenêtre FERMÉE.

Elle s'est posée sur le tapis,
entre nos deux lits, en
soupirant . . .
POUFFF!!! . . .

et elle est devenue
transparente!

Dedans, il y avait le père Noël et Chabichou!

Le père Noël riait, riait, riait . . . HO! HO! HO! HO! HO!

Et Chabichou dansait et
chantait, sur l'air de «Au
clair de la lune»:

16

«Chabichou de lune,
Léger comme une plume.

Magicien, magichat.
Me voici, voilà.

La lune est une bulle.

Au pays des chats.

Charabi, charabia,
Chabichou est roi!»

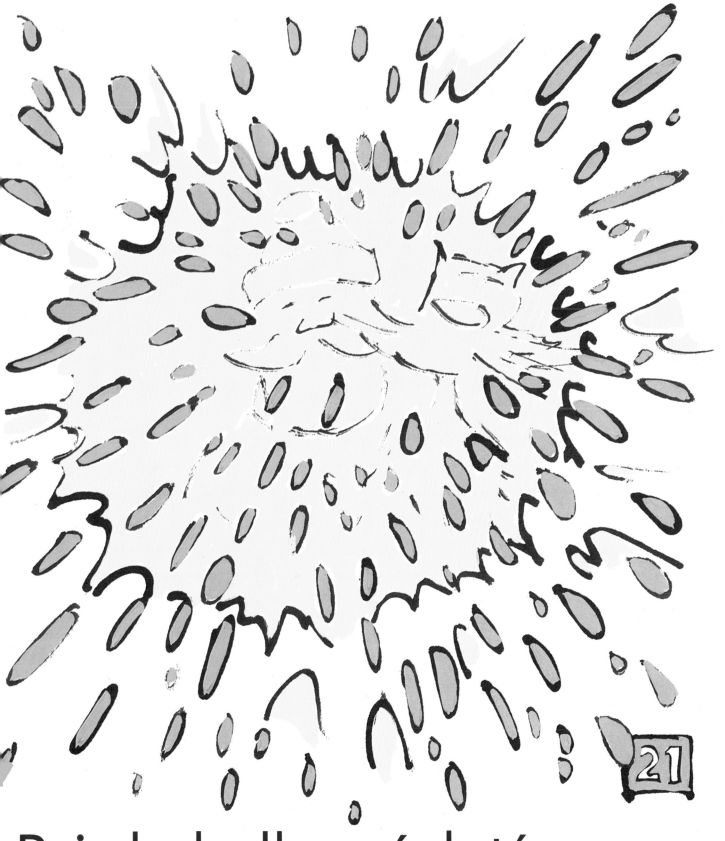

Puis la bulle a éclaté
en ... SILENCE ... et ...

on a reçu des millions de poussières de bulle dans les yeux.

Quand on s'est
réveillés...

Chabichou dormait au plafond juste au-dessus de nous.